Emma

Dieter Köstens
Februar 2025

Kontakt:
dieter10095@gmail.com

Die Farben sind meine Sprache und die
Leinwand ist mein Tagebuch

Verlag: BoD · Books on Demand GmbH, In de Tarpen 42, 22848 Norderstedt, bod@bod.de
Druck: Libri Plureos GmbH, Friedensallee 273, 22763 Hamburg
ISBN: 978-3-7693-0703-0

Vorwort

Ich bin Emma, die Malerin, und obwohl ich nicht mehr auf dieser Welt bin, fühle ich mich lebendig in den Erinnerungen, die Max an mich hat. Es ist eine seltsame Erfahrung, durch den Schleier der Zeit zu blicken und zu sehen, wie er in meiner Abwesenheit lebt. Er ist der letzte Mensch, und ich spüre die Einsamkeit, die ihn umgibt, wie einen schweren, drückenden Nebel.

Als ich noch lebte, war ich von Farben und Licht umgeben. Der Pinsel war mein Werkzeug, um die Welt so zu zeigen, wie ich sie fühlte - voller Träume und Hoffnungen. Aber jetzt sehe ich, wie Max meine Bilder betrachtet, und ich spüre, wie er sich in ihnen verliert. Er sucht mich in jedem Pinselstrich, in jeder Farbe. Es ist, als würde er mich durch die Leinwände zurückholen, und doch bleibt er in seiner Traurigkeit gefangen.

Ich erinnere mich an die Zeit, als ich das Tagebuch schrieb, das er gefunden hatte. Auf diesen Seiten habe ich meine Gedanken und Ängste niedergeschrieben. Ich schrieb über die Freude am Malen, über die Liebe zu den Menschen um mich herum. Aber die Welt, die ich kannte, gibt es nicht mehr. Ich habe das Licht verloren, das mein Leben erfüllte, und jetzt, da ich durch Max' Augen blicke, sehe ich eine Welt, die in Stille versunken ist. Max' kleine Wohnung ist ein Ort der Erinnerung. Ich sehe ihn vor mir, wie er am Fenster steht und in den Park schaut, wo wir früher gelacht und gespielt haben. Die Blumen, die dort blühten, scheinen auch für ihn zu verwelken, und ich wünsche mir, dass er die Farben des Lebens wiederentdeckt. Aber die Einsamkeit hat sich wie ein Schatten über ihn gelegt, und ich spüre die Trauer in seinem Herzen. Als er beginnt, mir Briefe zu schreiben, spüre ich eine Verbindung, die die Zeit überdauert. Er erzählt mir von seinen Tagen, von der Stille, die ihn umgibt, und ich kann nicht anders, als ihm zu antworten - in Gedanken, in Erinnerungen. Ich möchte, dass er weiß, dass er nicht allein ist, dass ich noch da bin, in seinen Erinnerungen, in den Farben seiner Bilder. Aber während ich in seinen Gedanken lebe, merke ich auch, dass er sich mit jedem Pinselstrich mehr in die Einsamkeit zurückzieht. Er glaubt, mich durch seine Kunst zurückholen zu können, aber ich kann ihm nicht helfen, die Leere in seinem Herzen zu füllen. Ich bin ein Teil seiner Vergangenheit, ein Schatten in einer Welt, die es nicht mehr gibt.

Als er schließlich das letzte Bild für mich malt spüre ich die Intensität seiner Gefühle. Jeder Farbton ist Ausdruck seiner Trauer und seiner Liebe. Ich stehe neben ihm in der Abenddämmerung und sehe, wie er seine Seele auf die Leinwand bringt. In diesem Moment fühle ich mich ihm näher als je zuvor, und doch weiß ich, dass dies ein Abschied ist. Er wird mich nicht mehr in seiner Erinnerung behalten können.

***

1997 wurde in einem kleinen malerischen Dorf Emma geboren, ein Kind mit einer tiefen Sehnsucht und einer unersättlichen Neugier. Ihre Kindheit war ein schillerndes Farbenspiel, in dem die Farben der Phantasie mit den Schatten der Realität kollidierten.

Emmas Eltern, Anton und Clara, waren zwei Seelen, die in ihrer Verschiedenheit zueinander fanden. Anton, ein angesehener Kunsthändler und Galerist, war ein Mann von strenger Disziplin und ausgeprägter Kenntnis, der mit scharfem Blick die Werke großer Meister zu beurteilen wusste. Da er selbst malte, waren seine Hände oft mit Ölfarben verschmiert, während sein Geist in den Höhen der Schönheit schwebte. Clara, seine Frau, war das genaue Gegenteil, eine sanfte, verträumte Frau, die mit den Blumen in ihrem Garten sprach und die Welt mit den Augen ihrer Tochter betrachtet. Sie war eine Künstlerin im Herzen, ein Wesen, das die Schönheit im Alltäglichen suchte, und sie war es, die Emma Geschichten aus fernen Ländern erzählte.

Emma wuchs in einem Haus auf, in dem ein ständiger Dialog zwischen Kunst und Wirklichkeit herrschte. An den Wänden hingen Bilder, die Anton gesammelt hatte, und jeder Pinselstrich schien eine Geschichte zu erzählen. An den langen Winterabenden, wenn der Wind um die Ecken blies und die Dunkelheit sich wie ein schweres Tuch über das Dorf legte, saß Emma oft am Kamin, die Wärme des Feuers im Rücken, und lauschte den Gesprächen ihrer Eltern. Diese Gespräche, tief und leidenschaftlich, entführten sie in eine Welt, in der die Grenzen zwischen Traum und Wirklichkeit fließend waren.

Doch das Aufblühen ihrer Phantasie war nicht ohne Schatten. Anton, der von der Kunst lebte, war oft in seinen Gedanken gefangen und ließ wenig Raum für kindliche Unbeschwertheit. Seine Erwartungen an Emma waren hoch, und sie spürte oft den Druck, Künstlerin werden zu müssen - eine Erwartung, die sie zugleich inspirierte und erdrückte. Clara hingegen, die in ihrer bedingungslosen Liebe zu ihrer Tochter aufblühte, versuchte oft, die Kluft zwischen den beiden zu überbrücken, indem sie Emma in die Freiheit des Spiels entließ, in den Garten, wo die

Blumen und das Zwitschern der Vögel sie mit unendlicher Inspiration erfüllten.

Mitten im Dorf, wo die Wege von alten Bäumen gesäumt waren und die Luft vom Duft der Bäckerei und des Blumenladens erfüllt war, fand Emma ihre Zuflucht. Dort, fernab von den Erwartungen ihrer Eltern, entdeckte sie die Kraft der Farben und Formen. Jedes Stück Papier, das sie fand, wurde zum Träger ihrer Träume, jeder Pinselstrich zum Ausdruck ihrer tiefsten Gefühle. Sie malte die Gesichter der Menschen, die sie kannte, und die Landschaften, die sie liebte, und in ihren Bildern leuchteten die Konflikte ihrer Seele auf - die Sehnsucht nach Anerkennung und der Wunsch nach Freiheit.

So vergingen die Jahre, und aus der unschuldigen Emma wurde allmählich eine junge Frau, die zwischen den Erwartungen ihres Vaters und den Hoffnungen ihrer Mutter lebte. Die Konflikte und Harmonien ihrer Kindheit wurden zum Grundthema ihrer späteren Werke, und die Welt, die sie schuf, spiegelte ihre inneren Kämpfe und Triumphe wider. Und so begann in diesem kleinen Dorf am

Fluss, wo das Licht die Schatten der Vergangenheit sanft umspielte, die Reise von Emma - einer Malerin, deren Werke eines Tages die Herzen der Menschen berühren würden, während die Erinnerungen an ihre Kindheit, die Stimmen ihrer Eltern und die Farben ihrer Träume für immer in ihr lebendig bleiben würden.

Eines stürmischen Abends, als der Himmel tiefblau war und die ersten Sterne am Firmament funkelten, klopfte ein junger Mann an die Haustür. Emma war inzwischen siebzehn Jahre alt und als sie die Tür öffnete, stand ein junger Mann vor ihr, der sich als Thomas vorstellte. Thomas kam aus Berlin und war auf Grund einer Anzeige von Anton, in der er eine Hilfe für seine Galerie suchte, in dieses Dorf gekommen. Anton hieß ihn willkommen und die beiden unterhielten sich lange im Wohnzimmer, gut beobachtet von Emma und ihrer Mutter. Auffällig war das häufige Kopfnicken von Anton, was durchaus positiv zu bewerten war. Schließlich kam es zum Handschlag und wenig später stellte Anton seinen neuen Mitarbeiter seiner Familie vor.

Die Tage vergingen und immer wieder hoffte Emma auf ein Gespräch mit Thomas. Doch dieser schien wenig Interesse an Emma zu haben und außer einem freundlichen Nicken oder einem Handzeichen gab es keine weiteren Signale.

Emma hatte ihre Hoffnung und Neugier schon fast aufgegeben, als eines Morgens der Postbote ein Päckchen für Emmas Vater abgab. Sie machte sich auf den Weg zur Galerie, traf ihn dort aber nicht an. Schließlich gab sie das Päckchen Thomas.

„Das wird der Andruck für den neuen Katalog“, war seine Reaktion.

Emma hatte sich schon umgedreht und wollte gerade wieder gehen, als Thomas sie ansprach. „Ich bin jetzt schon ein paar Tage hier und wir haben noch kein Wort miteinander gesprochen. Ich möchte mich dafür entschuldigen, aber die Arbeit hier ist ganz neu für mich und lässt mir wenig Zeit. Vielleicht können wir beide einmal im Dorfkrug plaudern und uns etwas näher kennen lernen?“

Plaudern hatte er gesagt, und dieses Wort löste in Emma ein Gefühl der Vertrautheit aus.

„Ich mag den Dorfkrug nicht, dort ist es zu laut und die Luft zu stickig. Manchmal setze ich mich abends an unseren kleinen Fluss hinter unserem Haus. Das wäre ein schöner Platz zum plaudern."

Emma wartete die Antwort von Thomas nicht ab, sondern verließ die Galerie, erschrocken über ihre Worte.

Thomas kam an diesem Abend nicht zu dem Platz am Fluss, aber am nächsten Abend.

Zuerst sprachen sie wenig miteinander. Thomas erzählte von der großen Stadt Berlin, aus der er kam, wo Künstler und Denker lebten, wo die Museen voller Meisterwerke waren und die Straßen Geschichten von berühmten Malern und Schriftstellern erzählten.

Emma hörte mehr zu als dass sie sprach, und erst als Thomas sie nach ihrer Malerei fragte, öffnete sie sich ein wenig.

«Ich würde gerne mal Bilder von dir sehen», sagte er.

Emma errötete. „Bisher habe ich meine Bilder nur meinen Eltern gezeigt, und es ist mir etwas unangenehm, jemandem wie dir meine Bilder zu zeigen. Du hast wie mein Vater die

Bilder der großen Meister gesehen und wirst meine Bilder eher langweilig finden.

Thomas gab nicht auf und schließlich zeigte Emma ihm ihre Werke. Thomas stand einige Minuten schweigend in Emmas Zimmer und betrachtete ihre Bilder.

„Emma, die Bilder sind wirklich schön und verdienen es, gezeigt zu werden. Du hast eine wunderbare Verbindung zur Natur und bringst die Farben wunderbar zur Geltung. Aber ich frage mich, warum sind auf deinen Bildern keine Menschen zu sehen?"

Emma, die sich erst einmal mit dem Gedanken anfreunden musste, ihre Bilder einem fast völlig Fremden zu zeigen, brauchte einen Moment, um zu antworten.

„Ich empfinde deine Worte als eine ehrliche Meinung, was mich sehr glücklich macht. Ich zeichne keine Menschen, denn Menschen sind vergänglich, aber die Natur wird immer bleiben".

Nach dieser Begegnung trafen sich Emma und Thomas jeden Tag an ihrem Platz am Fluss.

In einer sternenklaren Nacht, als sie am Fluss saßen und die sanften Wellen das Ufer küssten, gestand Emma ihre Träume. „Ich möchte in die große Stadt ziehen, Thomas. Dort gibt es so viel zu entdecken, so viele Geschichten zu erzählen und Farben zu malen. Lass uns nach Berlin ziehen!"

Emmas Herz war hin- und hergerissen zwischen der Liebe zu Thomas und der Treue zu ihren Eltern. Ihre Mutter hatte ihr immer die Freiheit und die Schönheit des Lebens gezeigt, während ihr Vater sie mit seinen hohen Ansprüchen erdrückte. Sie wusste, dass sie nicht nur ihren eigenen Traum verwirklichen, sondern auch die auf ihr lastenden Erwartungen hinter sich lassen musste.

Das Schicksal meinte es gut mit den beiden. Als hätte Emmas Vater ihren Herzenswunsch geahnt, brachte er die gute Nachricht aus Berlin mit: Er hatte eine weitere Galerie erworben und bot Thomas an, sie zu leiten.

Emma äußerte daraufhin ihren Wunsch, mit Thomas nach Berlin zu ziehen, um dort gemeinsam zu leben. Das Gespräch verlief überraschend einfühlsam und schließlich stimmte auch Anton dem Vorhaben zu.

In den ersten Wochen in Berlin, in deren Straßen eine unendliche Vielfalt pulsierenden Lebens herrschte, erlebte Emma eine Entfaltung, von der sie zuvor nur in ihren kühnsten Träumen geträumt hatte. Die Muse, nach der sie so lange gesucht hatte, schien ihr nun aus jedem Winkel der Stadt zuzuflüstern, und sie war entschlossen, jedem dieser flüchtigen Impulse nachzugeben.

Thomas, dessen poetische Seele sich wie ein zarter Nebelschleier um sie legte, stand ihr treu zur Seite. Er erkundete mit ihr die verborgensten Winkel der Stadt, zeigte ihr die kleinen Buchläden, in denen die Regale überquollen von den Werken großer Denker und Dichter, und führte sie in die kleinen Cafés, in denen die Luft erfüllt war von der Melodie der Gespräche und dem Duft frischen Kaffees. Gemeinsam erschufen sie ein kleines Universum aus Kunst, Literatur und der Sehnsucht nach dem Unbekannten.

Doch während die Tage vergingen und Emma in der neuen Welt aufblühte, warf die Vergangenheit erneut ihren Schatten auf sie. Die Stadt, so lebendig und aufregend sie auch war, brachte auch eine unbarmherzige Realität mit sich. Der Druck, als Künstlerin anerkannt zu werden, lastete schwer auf ihren Schultern. Die leuchtenden Farben ihrer frühen Jahre begannen sich in die Grautöne der Enttäuschung zu verwandeln, als sie erkannte, dass Talent allein oft nicht ausreicht, um in der Flut anderer Künstler und ihrer Werke aufzufallen.

Verzweifelt suchte sie einen Platz in der großen Kunstszene und trat in Galerien ein, in der Hoffnung, dass ihre Werke die Herzen der Menschen berühren würden. Doch die Ablehnung, die sie erfuhr, war schmerzhaft und gnadenlos. Es schien, als wolle die Stadt, die sie einst so beflügelt hatte, ihr nun die Flügel brechen. Thomas, der ihre Traurigkeit spürte, versuchte sie aufzumuntern, indem er sie an die Anfänge ihrer künstlerischen Reise erinnerte und an die Farben, die in ihr lebten. Aber Emma fühlte sich oft verloren, wie ein Schatten ihrer selbst, der durch die Gassen der Stadt irrte.

In dieser Zeit der inneren Zerrissenheit erlebte Emma eine Wende, die alles verändern sollte. Als sie eines Tages am Fluss entlang spazierte, der durch die Stadt floss, wurde sie von den Klängen eines Geigers angezogen, der auf einer kleinen Brücke spielte.

Die Melodien schwebten leicht und doch voller Tiefe durch die Luft und erinnerten Emma an die Freude, die sie beim Malen empfand. Sie hielt inne, schloss die Augen und ließ sich von der Musik tragen. Der Geiger, er nannte sich Fuoco, war ein älterer Mann mit verwittertem Gesicht und leuchtenden Augen. Er bemerkte sie und lächelte und er spielte weiter, als wolle er sie in eine andere Welt entführen, eine Welt, in der Sorgen und Zweifel keinen Platz hatten.

Nach einer Weile öffnete Emma die Augen und kam näher. „Das ist wunderschön", flüsterte sie, und der Geiger nickte verständnisvoll. „Musik und Kunst sind die Sprachen der Seele", sagte er mit warmer, einladender Stimme. „Sie verbinden uns, selbst in den dunkelsten Momenten. Was führt dich hierher?"

Emma erzählte ihm von ihren Träumen, Hoffnungen und Enttäuschungen. Der Geiger hörte geduldig zu und als ihre Geschichte beendet war, lächelte er wieder. „Jede Ablehnung ist ein Schritt zu deiner eigenen Stimme. Lass dich nicht von den Schatten der Vergangenheit aufhalten. Du musst die Farben finden, die nur du malen kannst.

Diese Worte hallten in Emma nach. Der Geiger, dessen Kunst sie so berührt hatte, gab ihr das Gefühl, dass ihre Träume nicht nur Fantasie waren, sondern dass sie tatsächlich das Potenzial hatte, etwas Einzigartiges zu schaffen. Er lud sie ein, ihn bei seinen Auftritten zu begleiten, und sie willigte ein, ohne zu wissen, wohin sie dieser neue Weg führen würde.

In den folgenden Wochen begleitete Emma den Geiger zu seinen Auftritten. Sie begann, die Menschen zu beobachten, die sich um die Brücke versammelten, um der Musik zu lauschen. Die Emotionen, die sie in den Gesichtern der Zuhörer sah, inspirierten sie. Sie begann Skizzen anzufertigen, um die Szenen festzuhalten, die sich vor ihren Augen abspielten: das Lächeln eines Kindes, die Tränen einer alten Dame, die in Erinnerungen schwelgt und die sanften Bewegungen tanzender Paare. Mit jedem Auftritt des Geigers wuchs Emmas Selbstvertrauen. Sie begann eine Reihe von

Bildern zu malen, die die Bedeutung dieser besonderen Momente einfingen. Die Farben, die vorher in Grautönen gefangen waren, sprühten nun vor Leben und Hoffnung. Thomas beobachtete diese Veränderungen mit Freude und unterstützte sie auf jede erdenkliche Weise.

Eines Abends, nach einem besonders bewegenden Konzert, saßen Emma und der Geiger auf einer alten Bank im Park. Die Dämmerung legte einen Schleier über die Stadt, und die letzten Töne der Musik hallten noch in der Luft nach. Fuoco nahm seine Geige ab, lehnte sich zurück und sah Emma an. „Du hast etwas Besonderes geschaffen", sagte er. „Deine Werke sind nicht nur Bilder, sie erzählen Geschichten."

Emma spürte, wie ein warmes Gefühl der Dankbarkeit in ihr aufstieg. „Ich hätte nie gedacht, dass ich noch einmal so intensiv fühlen könnte", gestand sie. „Die Musik hat mir geholfen, die Farben in meinem Herzen zu finden. Ohne dich wäre ich vielleicht nie hierher gekommen."

Der Geiger lächelte weise. „Es ist die Verbindung zwischen uns, die diese Magie entfaltet. Jeder von uns hat die Fähigkeit, andere zu inspirieren. Du musst nur bereit sein, deine eigene Melodie zu finden und sie laut auszusprechen."

In den folgenden Tagen und Wochen widmete sich Emma ganz ihrer Kunst. Sie stellte ihre Werke in einem kleinen Café aus, das oft von Künstlern und Musikern besucht wurde. Die Resonanz war überwältigend. Menschen blieben stehen, um die Geschichten hinter den Bildern zu betrachten, und viele fühlten sich an eigene Erlebnisse erinnert. Emma merkte, dass ihre Kunstausstellung nicht nur zu ihrer eigenen Genesung beitrug, sondern auch anderen Trost und Hoffnung spendete.

Mitten in ihrer bisher kreativsten Phase wurde Emma seit Tagen immer wieder von Übelkeit geplagt.

„Ein Schwangerschaftstest wäre gut", hatte der Arzt gesagt, seine Stimme klang nüchtern, fast kühl, als würde er ein Rezept für ein gewöhnliches Medikament ausstellen. „Er könnte Aufschluss über ihre körperlichen Beschwerden geben." Doch Emma wusste, dass es nicht nur die körperlichen Symptome waren, die sie quälten. Vielmehr war es das vage Gefühl der Unzulänglichkeit, das sich wie ein ungebetener Gast in ihr Leben geschlichen hatte.

Mit zitternden Händen nahm sie den Test und ging ins Badezimmer. Der Raum war klein, aber die Enge schien sie nicht zu erdrücken, sondern eher in einen Zustand der Selbstbeobachtung zu versetzen. Als sie auf die Uhr schaute, schien die Zeit in ihrer Gnadenlosigkeit still zu stehen, während sie auf das Ergebnis wartete. Jeder Atemzug wurde zu einem stillen Gebet, das ins Nichts entschwand.

Und dann, nach einer Ewigkeit, zeigte der Test das Ergebnis an. Die zwei Linien, die sich vor ihren Augen bildeten, waren wie ein leuchtendes Zeichen, das die Dunkelheit in ihrem Inneren durchbrach. Sie war schwanger. Ein Schauer des Erstaunens und der Angst überlief sie. Der Gedanke an das Leben, das in ihr wuchs, war Segen und Fluch zugleich. Ein Gefühl, das sie in einen Strudel von Gedanken und Gefühlen stürzte, die sie nicht mehr zu bändigen vermochte.

In den folgenden Tagen schlenderte Emma durch die Straßen der Stadt, die ihr wie ein ferner Traum vorkam. Die Menschen um sie herum schienen in einem unaufhörlichen Treiben gefangen zu sein, während sie selbst sich in einem Zustand innerer Zerrissenheit befand. Was bedeutete es, Mutter zu sein?

Thomas wusste noch nichts von ihrer Schwangerschaft. Er liebte Emma, das wusste sie, aber der Gedanke, Vater zu werden, mag ihm wie ein Käfig erscheinen, der ihn von seinen Träumen abhielt. In den Tagen nach der Offenbarung war Emma von einer inneren Unruhe erfüllt, die sich wie ein Schatten über ihre Seele legte. Sie wusste, dass sie mit Thomas sprechen musste, aber der Gedanke an seine mögliche Ablehnung machte ihr das Herz schwer.

Als die Zeit gekommen war, setzten sie sich in ein kleines Café, dessen Wände von der Geschichte der Stadt zeugten. Emma blickte in Thomas› Augen und für einen flüchtigen Moment schien alles möglich. Doch als sie ihm die Nachricht überbrachte, änderte sich die Atmosphäre schlagartig.

„Ein Kind...", murmelte Thomas, und die Worte schienen wie eine unerträgliche Last auf ihm zu lasten. „Emma, ich ... ich kann das nicht. Ich will kein Kind. Ich habe Pläne, Träume, die ich verwirklichen will. Ein Kind würde alles verändern." Seine Stimme war fest, aber in seinen Augen lag ein Funken Unsicherheit, der Emma nicht entging.

Die Worte durchfuhren sie wie ein kalter Schauer. Sie hatte das Gefühl, als würde der Boden unter ihren Füßen schwanken. „Aber Thomas, das ist unser Kind. Sollten wir nicht versuchen, gemeinsam für es zu sorgen?"

„Das kann ich nicht! Ein Kind passt nicht in unser Leben!" Diese Absage traf sie wie ein Schlag ins Gesicht. Sie hatte immer von einer Familie geträumt, von einem gemeinsamen Leben mit Thomas. Doch nach dem Streit fühlte sie sich einsam und verletzt.

Die Worte von Thomas hallten in ihrem Kopf nach.

Entschlossen packte sie ein paar Sachen in einen Koffer und kehrte zu ihren Eltern zurück.

Die Rückkehr war für Emma ein Schritt, der sowohl von Sehnsucht als auch von der drückenden Scham über den gescheiterten Traum begleitet wurde. Ihre Füße trugen sie durch die vertrauten Straßen, die einst von der Unbeschwertheit ihrer Kindheit erfüllt waren. Doch nun schienen sie wie die Pfade eines Labyrinths, die sie nur noch tiefer in die Verwirrung ihrer Gedanken führten.

Als sie die Schwelle ihres Elternhauses überschritt, empfing sie der vertraute Duft von frisch gebackenem Brot und der Klang des alten Plattenspielers, der leise eine Melodie aus einer anderen Zeit spielte. Ihre Mutter bemerkte in ihrer unerschütterlichen Art sofort die Schwere in Emmas Augen.

Emma setzte sich an den Küchentisch, die Hände gefaltet, als könnte sie die Wogen ihrer inneren Welt glätten. „Ich muss euch etwas sagen", begann sie zögernd, während ihre Stimme an Kraft verlor. „Ich bin schwanger." Die Worte hingen in der Luft wie ein ungebetener Gast, der die Atmosphäre des Zimmers mit einer unerklärlichen Schwere erfüllte.

Die Reaktion ihrer Mutter war ein stilles Innehalten; sie ließ die Teigschüssel sinken, als hätte sie die Schwere der Nachricht getroffen.

„Schwanger?" wiederholte sie, als wolle sie das Wort in ihrer eigenen Seele verankern. „Und Thomas? Was sagt er dazu?"

„Er ... er will kein Kind", murmelte Emma, und die Tränen, die sie so lange zurückgehalten hatte, bahnten sich ihren Weg über ihre Wangen. „Er hat Träume, und ich fühle mich wie eine Last."

Es war Emmas Vater, der die ersten Worte fand: „Das Leben ist voller Herausforderungen. Es ist nie leicht, Entscheidungen zu treffen, die das gesamte Gefüge unserer Existenz betreffen. Seine Stimme war ruhig, aber in seinen Augen lag der Schmerz der Erkenntnis. „Aber vergiss nicht, du bist nicht allein. Wir sind für dich da."

Die Worte ihres Vaters durchdrangen die vernebelte Dunkelheit ihrer Gedanken. Sie fühlte sich geborgen in der Liebe ihrer Eltern, die wie ein sicherer Hafen inmitten des Sturms war. Doch gleichzeitig nagte die Frage an ihr, ob sie den Mut haben würde, in diesen neuen Lebensabschnitt einzutreten. „Ich weiß nicht, ob ich bereit bin, Mutter zu werden", gestand sie schließlich.

Ihre Mutter kam näher und legte Emma eine Hand auf die Schulter. „Mut, mein Kind, ist nicht die Abwesenheit von Angst, sondern die Fähigkeit, trotz der Angst weiterzumachen. Du wirst nicht allein sein, egal, wie du dich entscheidest. Das Leben hat uns oft geprüft, und es wird dich prüfen, aber die Liebe, die wir füreinander empfinden, kann die schwierigsten Wege erhellen."

„Ich habe mir oft vorgestellt, wie es wäre, eine Familie zu gründen", begann Emma leise, „aber nie in einer solchen Situation ...". Sie hielt inne. „Ich habe so viel für meine Träume geopfert, für die Idee von Freiheit und Unabhängigkeit. Und jetzt trage ich die Last eines anderen Lebens.

„Was, wenn ich versage? Was, wenn ich nicht die Mutter sein kann, die dieses Kind braucht?", fragte sie mit gebrochener Stimme.

Emma sah in die Augen ihrer Mutter, in die Augen der Erfahrung und des Mitgefühls. Es war, als würde sie einen Teil von sich selbst in diesen Augen wiederfinden - die Unbeugsamkeit und Stärke, die sie in ihrer Jugend

bewundert hatte. Vielleicht, dachte sie, war
es doch nicht so unmöglich, sich der Heraus-
forderung zu stellen.
„Und wenn ich mich dafür entscheide?"
Doch endlich war die Entscheidung für das
Kind gefallen. Emma war von einem tiefen
Seelenkonflikt gezeichnet, der sie oft in schlaf-
losen Nächten heimsuchte. Ihre Gedanken
kreisten um die Frage, ob sich künstlerisches
Schaffen und Muttersein harmonisch miteinander verbinden ließen.
Der Rückzug in ihr Elternhaus war von einer
Melancholie durchdrungen, die sie nicht abschütteln konnte. Die alten Mauern, die sie
einst als Zufluchtsort empfunden hatte, erschienen ihr nun wie ein Käfig, der ihr die
Flügel stutzte. Doch das Schicksal, so schien
es, hatte andere Pläne für Emma. Die Nachricht von einer Galerie in Trier, die eine
Auswahl ihrer Bilder ausstellen wollte, kam
wie ein Lichtstrahl in das Dunkel ihrer Gedanken. Hier bot sich eine Möglichkeit, sich
selbst zu verwirklichen, jenseits der familiären
Verpflichtungen und der Trennung von Thomas, die sie in einen Strudel der Gefühle ge-

stürzt hatte.

Die Zugfahrt nach Trier war lang, und als sie dort ankam, war es schon spät am Abend.

Die Ausstellung wurde zu einem Wendepunkt, zu einem Ort, an dem die verschiedenen Stränge ihres Lebens zusammenliefen. Sie liebte die Weinberge und fand in der Mosel einen weiteren Fluss in ihrem Leben, an dessen Ufern sich ihre Gedanken ordnen und entfalten konnten.

Der Tag der Vernissage rückte näher, und während sie die letzten Vorbereitungen traf, wurde ihr bewusst, dass jeder Pinselstrich auf der Leinwand ein Dialog zwischen ihrem Inneren und der Welt war. Sie hatte Farben gewählt, die die Kontraste ihres Lebens symbolisierten - das strahlende Gelb der Hoffnung, das melancholische Blau der Traurigkeit und das feurige Rot der Leidenschaft.

Die Ausstellung öffnete ihre Pforten und Emma fand sich inmitten von Menschen wieder, deren Blicke wie ein sanfter Wind über ihre Werke strichen. Die Gespräche, die sie führte, waren von einer Ehrfurcht erfüllt, die sie nie zuvor erlebt hatte. Sie spürte, wie die innere Zerrissenheit, die sie so lange mit sich herumgetragen hatte, Stück für Stück abfiel. Hier war sie nicht nur die Mutter, die sie werden sollte, sondern auch die Künstlerin, die sie immer gewesen war.

Emma hatte eine kleine Mansardenwohnung in Trier bezogen, und diese Rückzugsoase hoch oben unter dem schützenden Dach war ein Ort, an dem die Zeit stillzustehen schien, während der Blick durch die hohen Fenster das Spiel der Jahreszeiten im angrenzenden Park offenbarte.

Der Park selbst, ein grünes Paradies, war in der Frühlingssonne mit seinen blühenden Bäumen und Wiesen ein wahres Fest der Farben. Von ihrem kleinen Balkon aus konnte sie die Spaziergänger beobachten, die in ihre eigene Gedankenwelt versunken waren, während die Vögel ihnen ein Konzert gaben.

Das eigentliche Herzstück der Wohnung war jedoch ein kleiner, heller Raum, den sich Emma als Atelier eingerichtet hatte. In diesem lichtdurchfluteten Raum spürte sie die Energie für ihr künstlerisches Schaffen. Skizzen und Entwürfe hingen an den Wänden, die

Möbel waren sorgfältig ausgewählt. Der Duft der Farben und das leise Rascheln des Papiers hüllten Emma ein, während sie ihre Gedanken und Gefühle zu Papier brachte, als wolle sie die Welt um sich herum in ein neues Licht tauchen.

Emma verbrachte viel Zeit in der Galerie, sprach mit den Besuchern und verkaufte sogar einige ihrer Bilder.

Plötzlich kam ein Mann auf sie zu, der eine gewisse Autorität ausstrahlte. Er stellte sich als Direktor der örtlichen Schule vor und betrachtete Emma mit einer Mischung aus Interesse und Respekt.

„Ihre Arbeiten", begann er mit warmer Stimme, „sind von einer solchen Ausdruckskraft, dass sie nicht nur die Wände dieser Galerie, sondern auch die Herzen der Menschen erreichen. Ich bin überzeugt, dass Ihre Kunst eine Bereicherung für die Jugendlichen unserer Schule sein kann."

Emma war von der unerwarteten Wendung der Ereignisse überrascht und spürte, wie sich eine leichte Röte auf ihren Wangen ausbreitete. Mit einem Lächeln, das Schüchternheit und Entschlossenheit zugleich verriet, antwortete sie: «Es wäre mir eine Ehre, meine Leidenschaft für die Kunst an die nächste Generation weiterzugeben.

Der Direktor nickte zustimmend und lud sie für den nächsten Tag zu einem Gespräch in die Schule ein. Am nächsten Tag unterschrieb sie den Vertrag und eine Woche später begann sie, Kunst zu unterrichten.

Ihr Leben fühlte sich gut an, wie eine sanfte Melodie, die durch die Straßen der Stadt hallte, in der sie lebte. Tag für Tag schlenderte sie durch die verwinkelten Gassen, bewunderte die alten Häuser mit ihren Geschichten. Es war, als würde die Stadt sie in eine warme Umarmung hüllen, und sie konnte sich nicht erinnern, jemals einen Ort gefunden zu haben, der ihr so viel Geborgenheit gab.

Doch eines Tages, an einem ganz normalen Morgen, als die Sonne durch die Baumkronen schien, geschah das Unfassbare. Ein rücksichtsloser Autofahrer durchbrach die Idylle. Der Aufprall war wie ein lauter Knall, und als sie zu Boden fiel, spürte sie einen stechenden Schmerz, der ihr rechtes Bein durchzuckte und sie in die Realität zurückholte.

Die nächsten Tage verbrachte sie im Krankenhaus, wo sterile Wände und der Lärm medizinischer Geräte ihre neue Umgebung bildeten. Die Ärzte sprachen leise, ihre Gesichter waren ernst, und trotz des Schmerzes, der sie umgab, war es die Nachricht, die ihr das Herz brach.

„Es tut mir leid...", begann der Arzt, und in diesem einen Satz lag das Gewicht der ganzen Welt. Sie hatte ihr Kind verloren, das Leben, das sie in sich getragen hatte, das Licht ihrer Zukunft, das sie so zärtlich gehütet hatte - fort, wie ein Schatten, der in der Dunkelheit verschwand. Der Schmerz, den sie fühlte, durchdrang jede Faser ihres Seins. Es war der Verlust eines Traumes, das verstummte Lachen, das nie wieder erklingen würde.

Die Stadt, die einst so voller Leben und Möglichkeiten gewesen war, schien plötzlich grau und leer. Wo ihr die Straßen einst ein Gefühl der Zugehörigkeit gegeben hatten, fühlte sie sich nun wie eine Fremde, gefangen in einem Wirrwarr von Erinnerungen.

In den Wochen nach der Katastrophe kämpfte sie gegen die Wellen der Trauer an, die sie erbarmungslos überrollten. Trost fand sie in der Stille ihrer Wohnung, deren Wände mit Bildern glücklicher Momente geschmückt waren. Doch die Freude, die diese Erinnerungen einst ausgelöst hatten, war nun von einer dicken, grauen Schicht Schmerz überzogen. Oft saß sie am Fenster und beobachtete, wie die Welt voranschritt, während sie selbst das Gefühl hatte, in einer anderen Zeit gefangen zu sein.

Die Nachricht von Emmas Verlust erreichte die Eltern, die sich sofort auf den Weg machten.

Als sie die Wohnung ihrer Tochter betraten, stockte ihnen der Atem. Emma saß in Decken gehüllt in einer Ecke und schien in Gedanken versunken.

„Emma", sagte ihre Mutter und trat mit zitternden Händen einen Schritt näher. Die Stimme der Frau war kaum mehr als ein Flüstern, ein zartes Echo in der bedrückenden Stille. Aber Emma hob den Kopf, und in ihren Augen lag ein Ausdruck unendlicher Leere, als wäre sie der Welt des Lebens entglitten. „Es tut mir leid", wiederholte der Arzt in

Emmas Erinnerung, und dieser Satz, so unbarmherzig und eindringlich, kehrte in ihrer Trauer immer wieder.

Die Eltern waren inzwischen nach Berlin gezogen, um sich um die Galerie zu kümmern. Thomas hatte ihnen gekündigt. Ihre Galerie, die sie im Dorf mit viel Liebe und Mühe aufgebaut hatten, und ihr Haus waren verkauft. Sie hatten den Umzug als Neuanfang gesehen, doch die neue Stadt, die voller Möglichkeiten schien, war für sie zu einer blassen Kulisse geworden.

„Emma", begann ihre Mutter wieder, und diesmal klang ihre Stimme kräftiger, als würde sie gegen ihre Schwäche ankämpfen. „Du musst nach vorne schauen. Du kannst nicht so weiterleben, gefangen in der Vergangenheit. Berlin ist voller Kunst, voller Inspiration. Die Galerie wird größer und schöner, und wir brauchen dich, Emma. Du bist ein Teil davon. Denk an die Ausstellungen, die wir zusammen planen könnten. Es wäre ein Neuanfang, eine Chance, alles hinter dir zu lassen, was dir passiert ist." Emma schüttelte den Kopf, als könnte sie mit dieser kleinen Geste die Erinnerungen vertreiben. „Aber Mama, ich kann nicht so tun, als wäre alles in Ordnung. Die Wände dieses Hauses sind Zeugen meiner Traurigkeit, sie sind durchdrungen von einer Traurigkeit, die ich nicht abschütteln kann. Berlin mag voller Möglichkeiten sein, aber für mich ist es ein Ort der Flucht, ein Ort, an dem ich noch weniger ich selbst sein könnte als hier.

Ihre Mutter, deren Gesicht von sanfter, mütterlicher Sorge geprägt war, sah Emma mit einer Mischung aus Mitgefühl und Entschlossenheit an. „Wir alle tragen unsere Lasten, mein Kind. Du bist nicht allein in deinem Schmerz, und es gibt Menschen da draußen, die nach dir suchen, die deine Kunst schätzen.

Emma biss sich auf die Lippen, die Worte ihrer Mutter hallten in ihrem Kopf wider, als wäre sie in einem Raum gefangen, dessen Wände sich immer enger um sie schlossen. Kunst, Inspiration - das waren flüchtige Begriffe, die sie nicht mehr berührten. Ihr Pinsel lag unbenutzt in der Ecke ihres Zimmers, die Leinwand war stummer Zeuge ihrer inneren Leere. Sie wollte nicht hören, dass es da draußen ein Leben gab, das sie nicht mehr lebte, ein Leben, das sie nicht mehr wollte.

„Aber ich habe mein Kind verloren“, flüsterte Emma schließlich, und in ihrer Stimme lag eine Traurigkeit, die selbst die stärkste Überzeugung ihrer Mutter nicht zu vertreiben vermochte. Eine unüberwindliche Stille breitete sich zwischen den beiden Frauen aus, und Emmas Worte klangen wie zerbrochenes Glas, das auf dem Boden lag.

Emma hörte nicht mehr zu, ihre Gedanken waren in den Raum des Zimmers geflohen.

Die Stunden vergingen, während die Stille wie ein schwerer Nebel über das Zimmer lag. Emmas Eltern waren da, aber ihre Anwesenheit fühlte sich an, als würden sie gegen eine unsichtbare Wand sprechen. Die Gespräche über die Kunst, die Möglichkeiten und die Menschen, die sie liebten, schwebten wie unerreichbare Sterne am Himmel über ihrem Kopf. Emma wollte nicht mehr nach den Sternen greifen; sie wollte nur noch in der Dunkelheit bleiben.

Drei Tage blieben ihre Eltern noch, und die Anspannung zwischen ihnen wuchs. Während ihre Mutter versuchte, die alten Familiengeschichten hervorzuzaubern, um Emma aufzuheitern, war ihr Vater still und nachdenklich. Er beobachtete seine Tochter mit einem Blick, der sowohl Sorge als auch Verständnis in sich trug. Doch Emma war nicht in der Lage, sich von ihrer Traurigkeit zu befreien.

Am Nachmittag des dritten Tages saßen sie alle zusammen am Küchentisch und Emma fühlte sich wie in einem Käfig, den ihre Eltern aus Liebe gebaut hatten. Sie wollte fliehen.

„Mama, Papa", begann sie zögernd. „Ich glaube, es ist besser, wenn ihr nach Berlin zurückkehrt. Ich ... Ich brauche Zeit für mich. Nicht, dass ich euch nicht liebe, aber ich kann nicht mehr so tun, als wäre alles in Ordnung."

Ihre Mutter sah sie mit großen Augen an, als hätte Emma ihr einen Teil ihrer Seele entrissen. „Aber Emma, wir sind hier, um dir zu helfen. Du musst nicht allein sein. Wir können diese schwere Zeit gemeinsam durchstehen."

„Gemeinsam?", wiederholte Emma bitter. „Das ist es ja, ich fühle mich nicht gemeinsam. Ich fühle mich allein, ob ihr nun hier seid oder nicht. Bitte versteht mich. Ich möchte in Ruhe nachdenken und herausfinden, wer ich bin, ohne dass ihr ständig hinter mir steht."

Ihr Vater legte eine Hand auf den Tisch, und die Stille zwischen ihnen wurde greifbar. „Wir lieben dich, Emma. Aber wenn du Abstand brauchst, respektieren wir das. Wir wollen nur, dass du glücklich bist."

Emma nickte, Tränen stiegen ihr in die Augen. Es fiel ihr schwer, ihre Eltern mit der Wahrheit zu konfrontieren, aber sie wusste, dass sie es tun musste. „Ich weiß nicht, ob ich je wieder glücklich sein kann", flüsterte sie, „aber ich muss es versuchen. Allein."

In diesem Moment sahen ihre Eltern, dass der Wunsch ihrer Tochter nach Unabhängigkeit nicht aus Ablehnung, sondern aus einem tiefen Bedürfnis nach Selbstfindung kam. Es war eine schmerzhafte Erkenntnis, aber sie wussten, dass sie Emmas Entscheidung respektieren mussten.

„Gut", sagte ihre Mutter schließlich mit einem gebrochenen Lächeln. „Wir werden morgen früh fahren. Du kannst uns jederzeit anrufen, und wir kommen sofort zurück, wenn du es möchtest."

Emma fühlte sich erleichtert und gleichzeitig traurig. Es war der erste Schritt in eine ungewisse Zukunft, und sie wusste, dass es nicht einfach werden würde. Aber vielleicht war es genau das, was sie brauchte – die Gelegenheit, sich selbst wiederzufinden, ohne den Druck ihrer Eltern.

Am Abend packten ihre Eltern leise ihre Sachen. Emma saß in ihrem Zimmer und starrte auf die leere Leinwand. Vielleicht würde sie eines Tages wieder malen. Vielleicht würde die Trauer weichen und Platz für neue Ideen schaffen. Doch jetzt war es an der Zeit, allein zu sein und die Schatten in ihrem Herzen zu erkunden.

ie Tage nach der Abreise ihrer Eltern dehnten sich vor Emma wie ein endloser Fluss. Sie verbrachte die Stunden in einem Zustand zwischen Wachsamkeit und Trauer.

Die ersten Wochen vergingen in einem Nebel aus Antriebslosigkeit und innerem Rückzug. Dazu kam, dass ihr der Job an der Schule gekündigt wurde , der ihr eine gewisse Stabilität gegeben hatte und nun die letzten Reste ihres Selbstvertrauens hinwegfegte.

Als der Geldbeutel immer leerer wurde und die Erinnerungen an ihre früheren Erfolge verblassten, sah sich Emma gezwungen, einen neuen Weg zu beschreiten. Sie fand eine Anstellung bei einem nahegelegenen Discounter, dessen grelle Lichter und die ständige Betriebsamkeit der Kunden ihr ein Gefühl von Anonymität gaben. Hier, zwischen Regalen voller alltäglicher Produkte, konnte sie sich hinter der Fassade der Normalität verstecken. Doch die Arbeit war nicht ohne Herausforderungen. Die monotone Routine, das ständige Lächeln für die Kunden, das Wenden und Drehen der Waren, all dies schien ihr wie ein weiteres Gefängnis zu sein, jedoch ein weniger erdrückendes.

Die Stunden vergingen in einem gleichmäßigen Takt, und während sie die Waren einsortierte, dachte Emma oft an die Farben, die sie einst mit solch einer Leidenschaft lebendig gemacht hatte. Manchmal entglitt ihr ein Seufzer, und sie stellte fest, dass die Sehnsucht nach dem Malen nie ganz erloschen war.

Doch der Gedanke, sich wieder an die Leinwand zu wagen, war von einem lähmenden Zweifel umgeben.

In den Pausen, die sie im Hinterzimmer des Supermarktes verbrachte, ließ sie ihre Gedanken schweifen. Hier, zwischen Konservendosen und Pappkartons, war sie gefangen in der Routine des Lebens, die sie von ihren kreativen Ambitionen ablenkte.

Inmitten der Kulisse aus grellen LED-Lichtern und dem monotonen Geräusch der rollenden Einkaufswagen, fand Emma einen unerwarteten Anker in der Gestalt von Moritz, einem ihrer Kollegen. Moritz, ein gescheiterter Philosophiestudent, dessen Träume sich in den schlichten Regalen des Discounters verfangen hatten, war ein Mensch von sonderbarem Charme und melancholischem Witz. Seine Augen funkelten oft in einem tiefen Blau, das an die Weiten des Meeres erinnerte, und in seinen Worten lag eine bittersüße Melancholie, die Emma unwillkürlich anzog.

Die ersten Begegnungen zwischen den beiden waren schüchterne, fast flüchtige Momente, in denen sie sich in den Pausen über die

Absurdität des Lebens austauschten. Moritz sprach oft von den großen Philosophen, von Existenzialismus und dem Streben nach Sinn, während Emma in seinen Reden ein Echo ihrer eigenen inneren Zerrissenheit fand. „Das Leben ist ein endloser Fluss“, sagte er eines Tages, „und wir sind die kleinen Boote, die versuchen, uns nicht im Strudel der Alltäglichkeit zu verlieren.“ Emma nickte, während sie die Dosen mit Bohnen ordnete, und ein zarter Funke des Verstehens glühte in ihr auf. Die Tage dehnten sich vor ihnen aus, und ihre Gespräche wurden intensiver. Moritz offenbarte ihr seine Träume von einem Leben, das über die Grenzen des Discounters hinausging, während Emma ihm von den Farben erzählte, die sie einst so leidenschaftlich geliebt hatte. In dieser besonderen Verbindung, die sich zwischen den Regalen entwickelte, fand Emma etwas, das sie lange vermisst hatte: das Gefühl, gesehen zu werden. Moritz verstand die Trauer, die sie in sich trug, und erkannte die Künstlerin, die in ihr schlummerte, auch wenn sie selbst es nicht tat.

Die Anonymität des Discounters, die sie anfangs als Schutz empfunden hatte, begann sich in ein Gefühl der Entfremdung zu verwandeln. Die monotone Routine, die sie umgab, wurde zu einer ständigen Erinnerung an ihr Scheitern.

In den stillen Momenten, wenn der Laden sich leerte und die Lichter gedimmt waren, ergriff sie die Sehnsucht nach der Leinwand mit einer solchen Intensität, dass es schmerzte. Moritz, der ihre innere Zerrissenheit spürte, ermutigte sie, ihre Farben wieder aufzugreifen. „Was, wenn die Farben das sind, was uns am Leben hält?"

Eines Tages nach der Arbeit überredete Moritz Emma, in eine Kneipe am Ende der Straße zu gehen. Ein kleiner Raum, dessen Wände mit vergilbten Plakaten und Erinnerungen an vergangene Nächte geschmückt waren, empfing sie. Hier schien die Zeit stehen geblieben zu sein, als wäre das Leben außerhalb der Kneipenmauern vergessen worden.

Moritz, der sich mit einer Mischung aus Vorfreude und Nervosität auf diesen Abend mit Emma freute, führte sie zu einem Tisch in der Ecke. „Hier", sagte er, „sind wir geschützt vor

der Welt da draußen." Er bestellte zwei Bier.
„Ich habe nie wirklich verstanden, warum
Menschen trinken", begann Emma und nipp-
te an ihrem Bier. „Es scheint, als wollten sie
den Schmerz betäuben, anstatt sich ihm zu
stellen." Moritz lächelte ein wissendes, fast
melancholisches Lächeln. „Manchmal ist das
Leben so überwältigend, dass ein Tropfen
Rausch in flüssiger oder anderer Form wie
ein kurzer Urlaub von der eigenen Existenz
erscheint. Aber ich glaube, es geht nicht nur
um Flucht, sondern auch um Nähe. Sieh dich
um - hier sind wir umgeben von Menschen,
die einander suchen, auch wenn sie es nicht
wissen.
Emma beobachtete die anderen Gäste, die in
ihre Gespräche vertieft waren, einige lachten
laut, andere schwiegen und starrten in ihre
Gläser. „Und was ist mit uns?", fragte sie und
ließ ihren Blick durch den Raum schweifen.
„Sind wir nicht auch Teil dieser Suche?" Moritz nickte nachdenklich. „Ja, vielleicht sind
wir das. Aber ich hoffe, wir finden mehr als
nur einen Moment der Ablenkung."
Die Biere flossen, und mit jedem Schluck

schien die Schwere des Alltags ein wenig abzufallen. Sie sprachen über ihre Träume, über Kunst und die Philosophie des Lebens, und je mehr sie tranken, desto mehr schien die Welt um sie herum zu verblassen. Moritz sprach leidenschaftlich über die Bedeutung von Kreativität, während Emma, berauscht von der Kombination aus Bier und Moritz› Worten, sich in Erzählungen verlor.

„Was wäre, wenn wir die Farben, die du vermisst, hier in dieser Kneipe finden könnten?", fragte er plötzlich, und seine Augen funkelten vor Freude. „Was wäre, wenn wir einen Abend zusammen verbringen und alles, was uns beschäftigt, auf ein Bild bringen? Wir könnten Traurigkeit und Freude, Verrücktheit und Sinnsuche in ein Bild verwandeln." Emma gefiel die Idee, und in diesem Moment schien die Kneipe mit all ihrem Lärm und den vielen Gesichtern genau der richtige Ort dafür zu sein.

So verbrachten sie die Nacht damit, ihren eigenen Gedanken nachzuhängen, umgeben von dem angenehmen Gefühl des Alkohols, der sie einander näher brachte. Der Alkohol, der sie zunächst benommen machte, half ihnen, einander besser zu verstehen. Sie lachten, weinten und träumten, während die Gläser klirrten und die Zeit still zu stehen schien. Inmitten dieser schönen Momente, in denen die Realität verschwamm, entstand die Idee, dass sie trotz der schweren Last des Alltags gemeinsam einen neuen Weg finden könnten.

Am nächsten Morgen, als die ersten Sonnenstrahlen zaghaft durch die Vorhänge drangen, befand sich Emma in einem Zustand inneren Aufruhrs. Ihr Kopf dröhnte wie von einem erbarmungslosen Hammer bearbeitet, und ein schreckliches Gefühl des Selbsthasses überkam sie. Die Erinnerungen an die vergangene Nacht, an das unersättliche Trinken und die berauschenden Gespräche mit Moritz, kehrten in Wellen zurück. Was hatte sie sich nur dabei gedacht? Der Alkohol, der sie einst in eine Welt der Farben und Träume entführt hatte, war zu einem bitteren Gift geworden, das sie mit Scham und Reue überflutete.

Emma lag in ihrem Bett, das Gefühl der Entfremdung von sich selbst nagte an ihr. Sie fragte sich, was aus der Leidenschaft und der schöpferischen Aufbruchstimmung geworden war, die Moritz in ihr geweckt hatte. Es war, als hätte sie sich in einen Abgrund gestürzt, aus dem es kein Zurück gab. Schweren Herzens griff sie zum Telefon und meldete sich krank. Die Stimme am anderen Ende der Leitung war ungerührt, und Emma fühlte sich wie ein Schatten ihrer selbst, der durchs Leben schlich.

Die Gedanken an Moritz, der anfangs wie ein Lichtblick in ihrem tristen Leben erschienen war, verwandelten sich in ein Gefühl der Abneigung. Warum hatte sie sich so leicht überreden lassen? Moritz, der in der Nacht so leidenschaftlich von Kunst und Sinnsuche gesprochen hatte, erschien ihr nun wie ein verführerischer Kaufmann, der sie in einen tiefen Abgrund lockte. Sie merkte, dass sie ihn nicht mehr als gute Gesellschaft empfand, sondern als Zeichen ihrer eigenen Schwäche. In einem Anflug von Trotz und Entschlossenheit beschloss sie, ihr Leben wieder selbst in die Hand zu nehmen.

Der Gedanke, die Filiale des Discounters zu wechseln, kam ihr plötzlich wie eine befreien de Eingebung. Es war nicht nur eine Flucht vor den Erinnerungen an Moritz, sondern auch eine Abkehr vom Rausch, der sie in eine Welt voller Illusionen entführt hatte. Emma wollte die Nächte nicht mehr im trüben Grau des Alltags ertränken. Sie wollte klar sehen, auch wenn das bedeutete, die Wahrheit über sich selbst zu erkennen.

So machte sie sich am nächsten Tag mit schwerem Herzen, aber klarem Kopf auf den Weg zur neuen Filiale. Unterwegs dachte sie an Moritz› Worte und an die Idee, die sie in der Kneipe geboren hatten. Vielleicht lag die Antwort nicht im Alkohol, sondern in der Kunst, im Ausdruck ihrer innersten Gedanken und Gefühle, im Schaffen von etwas, das die Schatten vertreiben konnte.

In dem neuen Laden, umgeben von Regalen voller Produkte, die das Leben leichter machen sollten, spürte Emma, wie die Last des Selbsthasses langsam von ihr abfiel. Hier war kein Platz für Moritz› verführerische Worte. Stattdessen war es ein Ort, an dem sie sich selbst finden konnte, ohne den trügerischen Einfluss des Alkohols.

Die nächsten zwei Jahre vergingen in einem monotonen Rhythmus, der Emma sowohl Sicherheit als auch innere Leere vermittelte. Ihre Tage waren ausgefüllt mit der Routine der Arbeit im neuen Discounter, einem Ort, der ihr wie ein schüchterner Freund vorkam, den sie erst nach und nach schätzen lernte. Die Regale, die sie täglich mit frischen Waren füllte, wurden zum Symbol für den Neuanfang, den sie so verzweifelt suchte. Abends kehrte sie in ihre kleine Wohnung zurück, wo das Licht der Straßenlaternen durch das Fenster fiel und den Raum in ein sanftes, melancholisches Licht tauchte. Hier war es ruhig, hier konnte sie aufatmen.

Die Gespräche mit ihrer Mutter, die sich oft am Telefon nach dem Befinden ihrer Tochter erkundigte, waren zunehmend von einer bittersüßen Melancholie durchzogen. „Emma, mein Schatz, warum kommst du nicht mal vorbei? Wir vermissen dich so sehr", flehte ihre Mutter, und Emma spürte den Druck der unausgesprochenen Vorwürfe, die zwischen den Zeilen schwebten. Doch der Gedanke an ein Treffen war für Emma wie ein unüberwindbarer Berg, dessen Gipfel im Nebel der Vergangenheit verborgen lag. Sie wusste, dass eine Begegnung mit ihrer Mutter nur alte Wunden aufreißen würde, die sie so mühsam verborgen hatte.

In der Stille ihrer Abende wuchs der Gedanke, sich der Kunst zuzuwenden, wie ein zartes Pflänzchen, das sich durch den Spalt einer Betonmauer wagt. Moritz› Worte hallten in ihrem Kopf nach: «Kunst ist der einzige Weg, die Schatten zu vertreiben.» Emma begann, ihre Gedanken und Gefühle in Worte zu fassen und fand in der Poesie ein Ventil für ihre Trauer und Sehnsucht. Ihr Tagebuch wurde zu ihrem Zufluchtsort, und die Seiten füllten sich mit Bildern der Einsamkeit, der Hoffnung und einer schmerzlichen Ehrfurcht vor der Vergänglichkeit des Lebens.

Eines Abends, als der Mond hoch am Himmel stand und sein Licht auf die Stadt warf, beschloss Emma, ihre Welt zu öffnen.

Sie holte den alten Zeichenblock hervor und begann zu zeichnen. Es waren immer nur kurze Momente, dann legte sie den Block wieder beiseite. So ging es Abend für Abend, aber die

Momente, in denen sie zeichnete, wurden immer länger. Nach zwei Wochen hatte sie einige Zeichnungen angefertigt und traute sich, diese in den nächsten Wochen in Farbe zu malen. Sie fasste sich ein Herz und begann, einige ihrer Bilder und Zeichnungen in einem kleinen Café in der Nachbarschaft auszustellen, das für seine gemütliche Atmosphäre bekannt war. Die Resonanz war überwältigend. Menschen, die sie nie zuvor gesehen hatte, scharten sich um ihre Werke.

Die Abende im Café wurden zu einem neuen Ritual, und bald war Emma umgeben von Gleichgesinnten, Künstlern und Träumern, die ihre Leidenschaft für die Kunst teilten. Ihre Stimme, die zuvor in der Stille gefangen gewesen war, erhob sich nun in einem Chor aus Kreativität und Gemeinschaft. Sie spürte, wie die Schatten der Vergangenheit wichen und die Farben des Lebens sich in ihrer Seele entfalteten.

Eines Abends, sie war gerade in eine lebhafte Diskussion über die Bedeutung der Kunst vertieft, hörte sie eine vertraute Stimme hinter sich. Es war ihre Mutter. In diesem Moment, in dem die Zeit stillzustehen schien, trafen sich ihre Blicke. Eine unausgesprochene Sehnsucht erfüllte den Raum, und Emma spürte, wie die Mauern, die sie um ihr Herz errichtet hatte, zu bröckeln begannen. Sie umarmten sich, und in dieser innigen Umarmung geschah das Unvorstellbare: Die Wunden der Vergangenheit begannen zu heilen. Die Kunst hatte nicht nur ihre Schatten vertrieben, sie hatte auch Brücken gebaut zu den Menschen, die sie liebte. Die nächsten Monate waren geprägt von neuen Begegnungen, tiefen Gesprächen und der Wiederentdeckung der Zuneigung zwischen Mutter und Tochter. Emma fand endlich den Mut, die Farben ihrer Seele auf die Leinwand zu bringen, und ihre Bilder wurden zum Ausdruck ihrer inneren Freiheit.

In dieser neuen, von Licht und Hoffnung erfüllten Lebensphase wurde Emma zu der Malerin, die sie immer sein wollte. Ihre Werke wurden in Galerien ausgestellt und sie konnte die Geschichten, die sie in ihrem Herzen trug, mit der Welt teilen. Die Einsamkeit, die sie einst gefangen hielt, verwandelte sich in eine

Quelle der Inspiration, und die Kunst wurde zu ihrem Weg, das Leben in all seiner Vielfalt zu umarmen.